A todas las abuelas y abuelos porque,
sin pretenderlo, son faros en nuestra vida.
A. A.

A mi padre y mi madre,
porque sois mi ejemplo a seguir. Os quiero.
F. J.

C/ Coeters, 1
46980 Paterna (Valencia)
www.rubio.net

Coordinación editorial: IMC Agència literària
Maquetación: Ortogràfic

1.ª edición: marzo, 2024
ISBN: 978-84-18964-61-9
Depósito legal: V-128-2024
Impreso en España / *Printed in Spain*
Impresión: Loyal Print, SL

¡Palabra de abuelo!

Alicia Acosta y Fernando Jiménez • Robert García

RUBIO

Pili y Pol llevaban pulseras de citronela, aparatos de ultrasonidos, y, por supuesto, a su madre persiguiéndolos con un espray antimosquitos cada vez que salían a la calle.

El pueblo tenía un problema enorme:
¡ESTABA LLENO DE MOSQUITOS! Por eso, nadie jugaba en la laguna, los mayores no podían sentarse al fresco... ¡Incluso el cine de verano cerró por culpa de las picaduras!

—¿Qué es ese aparato? Hace que me pite el audífono —dijo el abuelo cuando fueron a verlo—. Y… ¿se puede saber a qué oléis?

—Es por los mosquitos —contestaron a la vez.

—Hemos escuchado que pegan el sarampión —comentó Pol.

—¡Y las paperas! —dijo Pili.

—Sí, claro... ¡Y hasta te sale bigote! —bromeó el abuelo—. ¡Qué locuras decís!

—Tenemos prohibido ir a la laguna, de allí vienen los bichos. ¡Menos mal que la van a quitar y construirán un parque!

El abuelo se puso muy triste...

—De pequeño iba mucho a jugar allí y apenas había mosquitos.

—¿De verdad? —preguntaron asombrados.

—¡PALABRA DE ABUELO!

El abuelo continuó explicando:

—Hace años había muchos murciélagos y se comían los mosquitos.

—¿Y dónde están?

—Vivían en la cueva, pero la cerraron hace tiempo y, desde entonces, no pueden volver a casa... —dijo el abuelo con pena.

Pili y Pol gritaron:

Los mellizos corrieron a hablar con la pandilla y les explicaron todo. ¡Había que salvar la laguna! Hicieron carteles, recogieron firmas, se manifestaron...

La alcaldesa, por fin, escuchó su petición:

—¡Hagamos una consulta! Que el pueblo decida.

El día de la votación, todo el mundo estaba allí. Unos estaban a favor y otros tenían dudas:

—¿Murciélagos? ¡Qué asco! —dijo Baldomera, la panadera.

—¡Son un peligro! ¡Chupan la sangre a los niños! —gritó Gero, el barrendero.

—¡Es verdad! ¿Cómo vamos a dejar que vuelvan? —comentó Javier, el del taller.

—¡Yo voto a favor! ¡Os venderé ajos para alejarlos! —habló Calimero, el frutero, frotándose las manos—. ¡Todo el mundo sabe que el ajo espanta a los vampiros!

—Pero… ¡si no son vampiros! —exclamaron Pili y Pol—. Los murciélagos no se alimentan de sangre, comen insectos…

Los votos estaban muy igualados cuando,
de repente, las puertas se abrieron y...
¡ENTRARON LAS ABUELAS Y LOS ABUELOS DE LA RESIDENCIA!

Que vuelvan los murciélagos
Sí
Salvemos la laguna
+ Murciélagos − Mosquitos
Sí a la laguna
Que vuelvan
¡Basta!
No
Sí
Sí
Sí
Sí
Sí

—¡Queremos votar! ¿Es que los mosquitos no nos pican también a nosotros? —dijo la abuela Adelina.

—Cuando estaban los murciélagos os llevábamos a merendar al lago, ¡y bien que disfrutábamos! ¿No os acordáis? —comentó el abuelo Enrique.

—¿Y los baños que nos dábamos? ¡Tú aprendiste a nadar allí, Manolito! —recordó la abuela María.

—¡Menos fumigar y más murciélagos! ¡Menos toldos y más árboles! ¡Qué manía de llenar todo de cemento! —añadió enfadado el abuelo José.

Sí

—¡NUESTRO VOTO ES SÍ! —gritaron emocionados.

l resultado fue claro: LOS MURCIÉLAGOS PODRÍAN VOLVER A CASA.

Por fin, llegó el momento de quitar la reja que cerraba la cueva, y las niñas y los niños, junto con el resto del pueblo, limpiaron de matorrales y enredaderas la entrada para que los murciélagos pudiesen pasar sin problema.

Todo el pueblo esperó impaciente el
regreso de los murciélagos.

De pronto, tan solo unos días después, vieron cómo llegaba un pequeño murciélago y entraba en la cueva. Y luego otro, y otro, y otro...

Una semana más tarde, casi todos los mosquitos habían desaparecido. Por fin, las niñas y los niños pudieron jugar de nuevo en la laguna, los mayores sacaron las sillas y volvieron a sentarse en las puertas a charlar, y lo mejor de todo... ¡el cine de verano abrió de nuevo!

—Por cierto —dijo el abuelo—, ¿os he hablado alguna vez de los vencejos?

Guía para acompañar en la lectura

Este libro anima a los más pequeños a buscar soluciones a los problemas respetando la naturaleza. Pili y Pol, los protagonistas de esta historia, están decididos a hacer frente a un gran reto: conseguir que desaparezcan los mosquitos del pueblo porque cada vez se hace más difícil salir a pasear y a jugar. Todos los vecinos se comprometen a encontrar una solución y a trabajar juntos para lograrlo. Pero las más decisivas serán, sin duda, las personas mayores que, por su experiencia, les darán sabios consejos y tendrán grandes ideas. ¿Lo conseguirán?

COMPLETA

- El pueblo de Pili y Pol tiene un problema enorme porque...
- El abuelo propone como solución...
- Esta solución no convence a todos porque...

ELIGE

Para tomar una decisión sobre los mosquitos, los vecinos...

- Organizan una consulta y votan.
- Piden a la alcaldesa que solucione el problema.
- Se quedan de brazos cruzados esperando que los mosquitos se marchen.

RESPONDE

- ¿Cómo se protegen Pili y Pol contra las picaduras de mosquitos?
- ¿Por qué ya nadie se acerca a la laguna?
- ¿Qué solución encuentran para que se vayan los mosquitos? ¿Lo consiguen?

ADIVINA

¿Sabes quiénes son?

- Hacen carteles y recogen firmas para salvar la laguna. Son…
- Viven en cuevas y se alimentan de mosquitos. Son…
- Tienen mucha experiencia, bonitos recuerdos y grandes ideas. Son…

PONTE EN SU LUGAR

- ¿Por qué los niños se toman tan en serio la «palabra de abuelo»?
- ¿Por qué crees que todo el pueblo acude a votar?
- ¿Cómo crees que se sienten las abuelas y los abuelos de la residencia al ir a votar?

Consejos para la familia

Durante la etapa inicial de la lectoescritura, resulta fundamental favorecer una experiencia positiva en torno a los libros.

Promover **la lectura recreativa**, leyendo en voz alta, jugando o conversando sobre un cuento, estimulará sus habilidades lectoras.

Promover **la lectura como un acto afectivo**, hacer de esto un momento especial entre padres e hijos, sentados juntos o en el regazo, reforzará el vínculo familiar y conformará esa memoria emocional que los acompañará en las lecturas el resto de su vida.

Te ofrecemos a continuación algunas recomendaciones:

- **Leer en voz alta:** lee despacio, deja que disfrute de las palabras y las imágenes y que relacione los sonidos con las letras (conciencia fonológica). No se trata de «actuar», sino de diferenciar personajes usando diversas voces o de realzar sensaciones (sorpresa, peligro, emoción...). Nuestros libros están preparados para que la lectura sea fluida y natural.
- **Leer y conversar:** hazle preguntas mientras lees (¿qué crees que pasará ahora?) o al terminar (¿qué fue lo que más te gustó?), y deja que pregunte en cualquier momento. Nuestras guías para acompañar en la lectura son perfectas para jugar y establecer un diálogo.
- **Leer y mirar:** deja que toque y observe las páginas y anímale a que describa los dibujos o nombre personajes, colores u objetos. Las ilustraciones de nuestros libros ayudan a desarrollar sus habilidades de observación y permiten mantener su atención buscando personajes escondidos.

Mis primeras
LECTURAS

RUBIO

Descubre toda la colección en

lecturasrubio.com